yh 3424

Paris
1829

Schiller, Frederich von

Le Dragon de l'ile de Rodhes

INVENTAIRE
Yh 3.424.

LE DRAGON
DE L'ILE DE RHODES,

Seize Dessins de Retzsch,

AVEC

UNE TRADUCTION LITTÉRALE, ET VERS PAR VERS, DE LA BALLADE DE SCHILLER

INTITULÉE

DER KAMPF MIT DEM DRACHEN,

Par Mme Elise Voïart,

AUTEUR DES SIX AMOURS.

PARIS,

AUDOT, ÉDITEUR DU MUSÉE DE PEINTURE ET DE SCULPTURE,

RUE DES MAÇONS-SORBONNE, N° 11.

1829.

LE DRAGON

DE L'ILE DE RHODES.

PARIS. — DE L'IMPRIMERIE DE RIGNOUX,
RUE DES FRANCS-BOURGEOIS-S.-MICHEL, N. 8.

LE DRAGON
DE L'ILE DE RHODES,

Seize Dessins de Retzsch,

AVEC

UNE TRADUCTION LITTÉRALE, ET VERS PAR VERS, DE LA BALLADE DE SCHILLER,

INTITULÉE

DER KAMPF MIT DEM DRACHEN;

Par Mme Élise Voïart,

AUTEUR DES SIX AMOURS.

PARIS.

AUDOT, ÉDITEUR DU MUSÉE DE PEINTURE ET DE SCULPTURE,

RUE DES MAÇONS-SORBONNE, N° 11.

1829.

LE DRAGON

DE L'ILE DE RHODES,

BALLADE DE SCHILLER.

Où court ce peuple? que roule-t-il ainsi
A grand bruit dans les longues rues ?...
Rhodes s'écroule-t-il sous des torrens de flammes?
Tous s'assemblent en tumulte.
Au milieu de la foule animée j'aperçois
Un chevalier, haut monté sur son coursier,
Et derrière lui, quelle aventure!
On traîne un monstre enchaîné.

Sa forme est celle d'un Dragon ,
Sa large gueule celle du crocodile;
Et tous les regards se portent avec admiration
Tantôt sur le Dragon et tantôt sur le chevalier.

Et mille voix éclatantes s'élèvent :
« Venez et voyez! voilà le reptile
Qui engloutissait nos bergers et nos troupeaux!
Voilà le héros qui l'a vaincu!...
Avant lui plus d'un brave
Tenta la périlleuse entreprise ;
Mais on ne vit revenir aucun d'eux.
Honneur au hardi chevalier!... »
Et le cortége se dirigea vers le monastère ,
Où, à la hâte, les chevaliers hospitaliers
De l'ordre de Saint-Jean-Baptiste
S'assemblaient pour le conseil.

Et le jeune homme, d'un pas modeste,
S'avance vers le noble grand-maître,
Suivi de la foule empressée qui, avec de grands cris,
Remplit les marches de la galerie.
 Il prend alors la parole et dit :
« J'ai accompli mon devoir de chevalier.
Le Dragon qui dévastait le pays
Est là, mort de ma main.
Le chemin est libre au voyageur :
Le berger peut errer dans les champs,
Et, joyeux, le pèlerin peut gravir la montagne
Où s'élève la chapelle consacrée. »

Mais le grand-maître attache sur lui un regard sévère,
Et dit : « Tu as agi comme un héros ;
La valeur distingue les chevaliers de Rhodes,
Et tu en as manifesté l'audacieux esprit ;

Cependant, réponds : quel est le premier devoir
De celui qui combat pour le Christ,
Et qui se décore du signe révéré de la croix?...»
Et tous ceux qui l'entouraient pâlirent...
Mais le jeune homme, avec une noble contenance, repartit,
Tandis qu'en rougissant il s'inclinait :
« L'obéissance est le premier devoir
Qui nous rend dignes de cette parure sacrée. »

« Et ce devoir, mon fils, reprit
Le grand-maître, tu l'as audacieusement enfreint.
Le combat était interdit par les lois;
Tu l'as risqué avec un téméraire courage!... »
« Seigneur, dit le chevalier avec un grand calme,
Quand tu sauras tout, tu me jugeras;
Car j'ai cru sincèrement accomplir
Le sens et l'expression de la loi.

(9)

Ce n'est point sans de mûres réflexions
Que j'ai cherché à combattre ce monstre ;
Et j'ai employé à la fois la prudence, l'habileté et la ruse,
Pour l'attaquer et m'en rendre maître.

« Cinq d'entre nous, l'honneur de l'ordre,
Et la gloire de la religion,
Avaient été victimes de leur courage.
Alors tu défendis le combat à tous nos chevaliers.
Cependant un désir belliqueux
Rongeait sourdement mon cœur.
Jusque dans les songes de la nuit silencieuse,
Je me trouvais haletant des efforts d'une lutte pénible,
Et quand l'aurore commençait à luire,
Et nous annonçait de nouveaux désastres,
Une douleur impétueuse me saisissait,
Et je résolus enfin de tenter l'aventure.

« Et je me dis alors à moi-même :
Qu'est-ce qui décore l'adolescent et honore l'homme fait ?
Que firent les vaillans héros
Dont nous parle l'histoire ?
Ceux que l'aveugle paganisme
Éleva au rang des dieux ?...
Ils purgèrent de monstres
La terre dans de hardies entreprises ;
Ils combattirent les lions,
Ils affrontèrent le Minotaure,
Et pour délivrer les pauvres victimes
Ils ne ménageaient pas leur sang.

« Le Sarrasin est-il le seul objet digne
D'exercer l'épée du chrétien ?
Celui-ci n'a-t-il que les faux dieux à combattre ?...
Il est envoyé dans ce monde comme libérateur :

De tous périls, de tous chagrins
Son bras puissant doit affranchir ;
Cependant chez lui la sagesse doit accompagner la valeur,
Et la prudence s'allier à la force.
C'était ainsi que je parlais, et seul j'allai
A la recherche des traces du monstre.
Là, un bon ange m'inspira une pensée,
Et joyeux je m'écriai : Je l'ai trouvé !...

« Je me rendis alors vers toi et te dis ces paroles :
Seigneur, mon pays natal me rappelle...
Tu m'accordas ma demande,
Et la mer fut bientôt et heureusement traversée.
A peine eus-je abordé le rivage paternel,
Qu'aussitôt je fis construire par la main d'un artiste,
Et d'après les traits que j'avais observés,
Une image fidèle du Dragon.

Sur ses pieds courts la masse
D'un long corps fut élevée;
Une cuirasse écailleuse embrasse
Le dos et le protége d'une manière formidable.

« Son col démesuré s'alonge;
Et, horrible comme la porte de l'enfer,
Lorsqu'elle happe avidement sa proie,
S'ouvre sa large gueule.
De ce noir abîme sortent menaçantes
Une double rangée de dents aiguës,
Et la langue, semblable à la pointe d'un glaive.
Les yeux, quoique petits, lancent des éclairs;
Enfin, l'effroyable longueur du monstre
Se termine en queue de serpent,
Et, terrible, elle se roule sur elle-même,
De manière à enlacer l'homme et son coursier.

Je fis exécuter le tout avec soin.
On le revêtit ensuite d'une teinte grisâtre et hideuse,
Afin que, moitié serpent et moitié lézard,
Sa forme et sa couleur rappelassent
Le marécage empesté au milieu duquel il vivait.
Quand l'ouvrage fut terminé,
Je choisis une couple de dogues,
Vigoureux, hardis, prompts à la course,
Et accoutumés à combattre les bêtes sauvages.
Je les animais contre le Dragon factice ;
J'excitais leur courage jusqu'à la fureur ;
Je les dressais à le saisir de leurs dents acérées,
Enfin à obéir à ma voix.

« Et là où la légère toison du ventre
Laissait place aux morsures,
Je leur appris à saisir le monstre,

A le déchirer de leurs dents cruelles.
Moi-même, armé d'un épieu,
Monté sur mon coursier arabe,
Né de noble race,
J'enflammais sa colère,
Le lançais impétueusement vers le Dragon,
En lui faisant sentir l'éperon aigu;
Et brandis mon dard,
Comme si j'eusse voulu percer le simulacre.

« En vain le coursier se cabra d'horreur,
Et, grinçant des dents, couvrit son frein d'écume;
En vain mes dogues gémirent avec angoisse;
Je ne me lassai pas jusqu'à ce qu'ils fussent habitués,
Et lorsque dans cet exercice la lune se fut trois fois renouvelée,
Lorsqu'ils eurent bien compris ce que j'exigeais d'eux,
Je les conduisis vers le rapide navire,

Et à la troisième aurore,
Je parvins à débarquer ici.
A peine donnai-je à mes membres le temps de se reposer,
Empressé que j'étais de tenter cette grande entreprise.

« Car les nouvelles et récentes douleurs du pays
Émurent violemment mon cœur.
On venait de trouver déchirés deux pasteurs
Qui s'étaient égarés dans les marécages.
Je me décidai à partir sur-le-champ,
Et ne pris conseil que de mon cœur.
J'instruisis à la hâte mes écuyers ;
Je montai mon coursier éprouvé,
Et suivi de mes deux nobles dogues
Par un chemin écarté, solitaire,
Où ne devait se trouver aucun témoin de mon action,
J'allai aussitôt à la rencontre de l'ennemi.

Tu connais, seigneur, l'humble église,
Élevée jadis par un artiste habile
Sur le haut de la montagne,
Et d'où la vue s'étend sur toute l'île.
Petite et pauvre, son apparence est modeste,
Et pourtant elle renferme un miracle de l'art :
C'est l'image de la Vierge mère avec l'enfant Jésus,
Auquel les trois rois offrent leurs présens.
Sur trois fois trente marches
Le pèlerin gravit la hauteur escarpée,
Et si à cette élévation le vertige le fait chanceler,
Il reprend bientôt ses sens auprès de son Sauveur.

« Au centre des rochers qui descendent en pente
Est une grotte profonde,
Sans cesse humectée des vapeurs du prochain marécage,
Et où jamais ne luit un rayon du soleil.

C'est là qu'habite l'affreux reptile,
Épiant sa proie jour et nuit,
Et, comme le Dragon infernal,
Faisant la garde au pied de la maison de Dieu.
Si le pèlerin égaré
Tourne ses pas dans ce chemin funeste,
Le monstre s'élance de sa retraite,
Et emporte le malheureux pour le dévorer.

« Je gravis alors le rocher.
Avant de commencer le rude combat,
Je m'agenouillai devant l'Enfant divin,
Et purifiai mon cœur de tout péché.
Je ceignis dans le sanctuaire même
Le casque et l'acier étincelans ;
J'armai ma main droite d'un fort épieu,
Et je descendis prêt à combattre.

Le Dragon de l'île de Rhodes.

2

La troupe de mes écuyers demeura en arrière :
Je leur donnai mes ordres en partant;
Et, sautant légèrement sur mon cheval.
Je recommandai mon ame à Dieu.

« A peine fus-je dans la plaine,
Que mes dogues aboyèrent;
Mon cheval frémit d'angoisse,
Et se cabra sans vouloir s'apaiser;
Car, près de là, roulé sur lui-même,
L'effroyable monstre
Gisait sur la terre échauffée par les rayons du soleil.
Les chiens alertes s'élancèrent vers lui;
Mais ils revinrent à moi prompts comme un trait
Lorsque la gueule béante du monstre s'entr'ouvrit,
Et lança vers eux une vapeur empestée,
En sifflant comme le chacal hurle.

Cependant je ranimai promptement leur courage :
Ils attaquèrent l'ennemi avec fureur,
Tandis que de toute la force de mon bras
Je frappais de mon épieu les flancs du monstre.
Mais sans force et comme un simple bâton,
L'arme rebondissait sur sa cuirasse écailleuse.
Avant que je pusse redoubler le coup,
Mon coursier se cabra,
Fasciné par son regard de basilic,
Et, frappé de son souffle empoisonné,
Il recule avec une invincible horreur :
Peu s'en fallut que ce ne fût fait de moi.

« Alors je saute rapidement à terre :
Aussitôt l'épée tranchante est mise à nu ;
Mais tous les efforts de l'acier sont vains
Pour entamer l'armure pierreuse qui le défend.

Plein de fureur, d'un coup de sa queue redoutable
Le monstre me jette sur la terre.
Déja je vois sa vaste gueule s'entr'ouvrir;
Il fait claquer ses effroyables dents...
Dans ce moment mes chiens, animés d'une rage ardente,
Le saisissant au ventre, le mordent avec une telle fureur,
Qu'il s'arrête en hurlant,
Déchiré d'une soudaine et insupportable douleur.

« Et, avant qu'il se soit délivré de leurs morsures,
Je me relève prompt comme l'éclair;
J'observe la partie faible de mon ennemi,
Je lui porte un grand coup dans le flanc,
Et l'acier affilé s'y enfonce jusqu'à la poignée :
Un jet de sang noir jaillit comme d'une source profonde;
Le monstre tombe; mais dans sa chute il m'ensevelit
Sous la masse gigantesque de son corps.

Aussitôt mes sens m'abandonnèrent;
Et quand je rouvris les yeux,
Je vis autour de moi mes fidèles écuyers,
Et le Dragon, mort dans son sang, étendu sur la terre. »

Les applaudissemens, long-temps contenus,
S'échappèrent du sein oppressé des auditeurs,
Quand le chevalier eut achevé ce récit;
Et dix fois répété par les voûtes,
Le bruit des voix confuses retentit au loin,
Et mugit en se prolongeant d'échos en échos.
Les fils de l'ordre demandent à grands cris
Que l'on couronne le front du héros;
La foule reconnaissante veut le montrer au peuple
Dans toute la pompe du triomphe.
Alors fronçant son sourcil sévère,
Le grand-maître commanda le silence,

Et dit : « Le Dragon qui dévastait ce pays,
Tu l'as frappé d'une main vaillante :
Tu es devenu un dieu pour tout ce peuple,
Mais tu reviens ennemi de notre ordre ;
Et ton cœur a donné naissance
A un reptile plus dangereux que ce Dragon.
Le serpent qui empoisonne les cœurs,
Qui fait naître la discorde et les crimes,
L'esprit de révolte enfin,
S'élève audacieusement contre toute discipline ;
Il brise les saints nœuds de la société ;
Et lui seul trouble le monde.

« Le musulman signale aussi sa valeur :
L'obéissance est la parure du chrétien.
Dans ces lieux, où le Sauveur échangea sa grandeur
Contre un esclavage volontaire,

Nos pères assirent, sur ce principe sacré,
Les fondemens de notre ordre.
Le devoir le plus difficile à remplir,
C'est de dompter sa propre volonté...
Toi qu'une vaine gloire a séduit,
Éloigne-toi de mes regards !
Celui qui ne sait pas porter le joug du Seigneur,
Ne doit point se parer de sa croix. »

Alors la multitude éclate en longs murmures,
Et un trouble violent règne dans les salles.
Tous les frères implorent la grace du coupable;
Mais le chevalier baisse les yeux, et, en silence,
Il se dépouille du manteau de l'ordre,
Baise la main de l'austère grand-maître,
Et s'éloigne. Celui-ci le suit du regard;
Alors il le rappelle avec douceur,

Et dit : « Embrasse-moi, mon fils !
Tu as remporté la plus belle victoire ;
Prends cette croix, elle est la récompense
De cette humilité qui consiste à se vaincre soi-même. »

FIN.

LE CHEVALIER ÉCOUTE LES PLAINTES DES VILLAGEOIS

LE CHEVALIER ÉPIE LE DRAGON DANS SA RETRAITE

GRAVIER PAIE À NEUF MILLE À MON SEMBLABLE

LE CHEVALIER DRESSE SON CHEVAL ET SES CHIENS

AVANT LE COMBAT SINGULIER, LE CHEVALIER SE RECOMMANDE A LA VIERGE

LE CHEVALIER DONNE LES DERNIERS ORDRES À SES ÉCUYERS

LE CHEVALIER PORTE LE COUP MORTEL AU DRAGON

ENTRÉE TRIOMPHALE DU VAINQUEUR DANS RHODES

LE GRAND-MAÎTRE IRRITÉ BANNIT LE CHEVALIER DE SA PRÉSENCE.

LE GRAND MAÎTRE RAPELLE LE COUPABLE ET LUI PARDONNE

A LA MÊME LIBRAIRIE.

GALERIE DE SHAKSPEARE, dessins pour ses œuvres dramatiques, gravés à l'eau-forte.

Ire série, **HAMLET**, 17 dessins d'après Retzsch. Un vol. in-16, grand raisin vélin satiné. 2 fr.

IIe série, **ROMÉO ET JULIETTE**, 12 dessins d'après Ruhl. 2 fr.

IIIe série, **LE SONGE D'UNE NUIT D'ÉTÉ**, 6 dessins d'après Ruhl. 1 fr. 50 c.

Ces publications seront suivies de celles des autres ouvrages de Shakspeare.

LE DRAGON DE L'ILE DE RHODES, 16 dessins de Retzsch, avec une traduction littérale, et vers par vers, de la ballade de Schiller intitulée : *Der kampf mit dem drachen.* Par madame Elise Voïart. Un vol. in-16, papier vélin. 2 fr.

FRIDOLIN, 8 dessins de Retzsch, avec une traduction littérale, et vers par vers, de la ballade de Schiller, intitulée : *Fridolin oder der gang nach dem eisenhammer;* par madame Elise Voïart, auteur des *Six Amours.* Un vol. in-16, papier vélin. 1 fr. 50 c.

FAUST, 26 dessins de Retzsch, deuxième édition, augmentée d'une analyse du drame de Goethe, par madame Elise Voïart. Un vol. in-16. Prix, 2 fr. 50 c.

L'analyse se vend séparément, pour les acquéreurs de la première édition. 50 c.

PARIS. — IMPRIMERIE DE RIGNOUX, RUE DES FRANCS-BOURGEOIS-S.-MICHEL, N° 8.

www.ingramcontent.com/pod-product-compliance
Ingram Content Group UK Ltd.
Pitfield, Milton Keynes, MK11 3LW, UK
UKHW022217070726
13613UKWH00004B/1719

9 782019 983413